P. PALAU D'ELVIDRED ET Ch. VALREY

Pour
Mademoiselle

COMÉDIE-BOUFFE EN UN ACTE

2 H. 3 F.

VISA DU 7 JUILLET 1903

PARIS

C. JOUBERT, Éditeur, 25, rue d'Hauteville.

Anciennes Maisons BRANDUS & JOUBERT réunies

C. JOUBERT, Successeur

ÉDITEUR DE MUSIQUE

PARIS. — 25, Rue d'Hauteville, 25. — PARIS

RÉPERTOIRE
DES OUVRAGES DE CONCERT EN UN ACTE

ABRÉVIATIONS. D. Veut dire du répertoire de la Société Dramatique, 8, rue Hippolyte Lebas. — Le surplus appartient au répertoire de la Société Lyrique, 10, rue Chaptal.
LOC. Veut dire : La musique n'est qu'en location et ne se vend pas.

Vaudevilles et Opérettes

AUTEURS	TITRES DES ŒUVRES	Hommes	Femm.	Prix net.
Bertran (G.)	A bas les hommes	3 ou 6	9	loc.
Saint-Martin	Abricot (L') d	troupe	3	loc.
Capitaine	Absalon	2	3	loc.
E. Fournier	Accordeur (L')	2	3	loc.
Guillemaud	Adrien n'aime pas le Piano	3	1	loc.
Vallès-Garnier	Affaire Courdeveau (L')	5	3	loc.
St-Paul-G. Rose fils	Agence est au-dessus (L')	3	3	loc.
F. Bernicat	Agence Rabourdin (L')	5	4	loc.
Moreau	Ah! c'te Veine d	7	7	loc.
L. Bouvet F. Muffat	Ah! la chouett' revue	4	4	loc.
Japy	A huitaine	troupe	5	loc.
G. Roland	Aiguilleur (L') d	1	1	loc.
S.-Paul-Rose fils	Air de la mer (L')	4	3	loc.
Bessière	A la Caserne	6	2	loc.
Lebreton-Bouvet	A la légion étrangère d	troupe	3	loc.
Ch. Esquier	Allumeur (L') d	2	1	loc.
L. Bouvet	Ami Chambardel	3	1	loc.
C. Roland	Amis de pension (L')	4	3	loc.
D. Jourda	Amies de nos Amis (Les) d	2	3	loc.
De Marsan	Ami Rorcanvel (L')	4	3	loc.
Bessière-Kalber	Ami Vandière (L') d	4	6	loc.
Lebreton	Amour à coups de poings (L')	2	1	loc.
Lebreton-St-Paul	Amour en dentelles (L')	2	2	loc.
S. Breet	Amour en livrée	1	1	loc.
Desormes	Amour et l'appétit (L')	1	1	loc.
Vallès Garnier	Amour et sauvetage	3	3	loc.
A. Petit	Amoureux d'Yvonne (Les) d	3	1	loc.
V. Roger	Amour Quinze Vingt (L')	3	4	loc.
Bottin Boulay-Layrice	Amours d'un piston (Les)	3	3	loc.
M. Gribinski	Annoncé (L')	3	1	loc.
Desormes	Antoine et Cléopâtre d	2	1	loc.
Paul Landry	Apache et de rigueur (L')	1	2	loc.
Bessière-Moreau	Aphrodités (Les) d	4	3	loc.
Dorfeuil-Moreau	Après la vie de Bohême d	troupe	2	loc.
L. Bouvet	A propos de bottes	2	2	loc.
J. Ermace	A qui le gosse?	troupe	3	loc.
Moanery-Marien	Argot tel qu'on le parle (L')	3	3	loc.
M. Chautagne	Arracheuse de dents (L')	2	1	loc.
Marc Sonal	Arrêts de rigueur	1	1	loc.
Bourel, Roydel, Benjardin	Artistes pour rire d	6	4	loc.
Giraldy	Ascension du Mont-Blanc (L')	4	1	loc.
I. Martin-Duhem	Auberge du Tambour battant (L')	9	2	loc.
Du Roi-de-Gérase	Au Chat qui pelote d	troupe	2	loc.
Banès	Au Coq huppé	5	2	loc.
D. Fabrice-Desplanches	Audience est ouverte (L')	5	6	loc.
Carpentier et J. Kendrel	L'Audition de Saint-Glinglin	3	2	loc.
Crès	Au soleil d'or d	3	2	6
Lebreton-Moreau	Au temps des cerises d	5	3	loc.
Gutineau	Auteur par amour	1	2	6
Lebreton-Moreau	Autour d'une guérite d	7	2	loc.
Henry Moreau	Avant le bal	1	1	3
L. Rivière et C. Dubreuil	Avarié du Mardi-Gras (L')	3	2	loc.
Lalange, Garofalo-Cambre	Baba Bouzouck d	5	6	loc.
Deransart	Baigneur et nageuse	1	1	3
Adhemar, Bourel Roydel	Baigneuses de Cocotteville (Les)	5	9	loc.
Moreau	Balayeur de chez Maxim's (Le) d	7	8	loc.
Rose fils et Ryver	Banquier malgré lui	3	3	loc.
Lesserre	Barbe-Bleue	1	2	loc.
L. Moche	Baronne	2	0	loc.
Raicès-Tranchant	Bataillon Désroches (Le) d	10	0	loc.
Antigeon-Desplau	Battage (Le) d	2	1	loc.
A. Moyne	Béguin d	2	11	loc.
Mestre-Aubry	Belle Dinde (La) d	9	1	loc.
De Marsan	Belle-mère apprivoisée (La)	4	3	loc.
Lebreton-St-Paul	Belle-mère est sans pitié (La)	2	2	loc.
Wachs	Bibi ou l'Enfant de l'Amour	4	3	4
Bouvet-Muffat	Bigame de la Bastille (Le)	8	3	loc.
C.-Roland	Bimariés	1	1	loc.
A. Lebreton, L. Bérin	Bon billet de logement (Le)	7	6	loc.
F. Bouvet-F. Muffat	Bonne nuit Tardiveau	3 ou 7	2 ou 4	loc.
E. Bessière	Bonsoir!!!	1	1	loc.
Callier-Jouflot	Boudoir discret	2	1	loc.
Moreau-Gramet	Bougnol et Bougnol	4	2	loc.
Villebichot	Boum! Servez chaud	5	2	loc.

AUTEURS	TITRES DES ŒUVRES	Hommes	Femm.	Prix net.
Humann	Brelan de berques	2	1	loc.
H. Kéroul et l'Autrec	Bretelles (Les)	2	1	loc.
F. Bernicat	Cadets de Gascogne (Les)	troupe	7	loc.
Banès	Cadignette (La)	4	1	loc.
Saint-Paul	Cage de l'Oncle Tom (La)	3	2	loc.
Lebreton	Caïn	3	2	loc.
Javelot	Calino amoureux	2	3	loc.
Lebreton et Soudant	Camelots (Les)	4	5	loc.
Chevalet-Audran	Canne d'un grand homme (La) d	2	3	loc.
E. Bouchaud	Cantine Grivot (La)	3	3	loc.
Lebreton-Moreau	Ça porte bonheur	5	3	loc.
V. Herpin	Capricorne (Le)	troupe	3	loc.
F. Barbier	Carmagnole (La)	9	5	loc.
Lebreton-Moreau	Carnaval conjugal (Le) d	9	9	loc.
A. Berthon	Carnaval des 4 Z'arts	6	2	loc.
Levavasseur	Carte de visite (La)	2	3	loc.
Antigeon-Desplau	Cascadin et Cie	6	5	loc.
O. Téténie-Fabrice	Carque d'or	1	3	loc.
Léon Jancey	Cavalier Ourlot	2	1	loc.
Chabaud, Colonge-Tranchant	Ce pauvre Bobinet	2	1	loc.
De Marsan	Ce Sacré Narcisse	4	4	loc.
D. Fabrice	Ce Zidore!	3	2	loc.
E. Soudant	Ces canailles de couturières! d	5	3	loc.
Orlinski	C'est demain la première	5	2	loc.
A. Mesnil-P. Raynom	C'est la vie	2	2	loc.
B. Rostaille-L. Bouvet	C'est un secret de polichinelle	2	1	2
Chaln	Chambre à louer	4	2	loc.
Suvillier	Chambre à part d	4	2	loc.
Henry Moreau	Chambre de bonne d	3	2	loc.
L. Bouvet	Chanson de Florentin (La)	3	2	loc.
V. Roger	Chanson des Écus (La)	3	1	loc.
P. Henrion	Chanteuse par amour (La) d	7	1	loc.
E. André	Chaos (Le)	1	1	loc.
Moreau-Boucheral	Chasse royale d	troupe	3	loc.
Lebreton-Moreau	Chasseurs Alpins (Les) d	5	1	loc.
Cieutat	Chaste Suzanne (La) d	troupe	2	loc.
H. Gilbert	Chaste Suzanne	2	2	loc.
Ravel	Chéri des Dames	4	2	loc.
Bourel, Roydel, E. René	Chevalier Tric-Trac (Le)	2	3	loc.
Dourel-Koydel	Chez la Costumière d	troupe	1	loc.
Meynard	Chez le dentiste	3	1	loc.
Lhuillier	Chez les Corniquet	1	2	loc.
G. Rosanquel	Chicard et Bébé	1	1	loc.
Romier	Chien et Chat d	2	1	loc.
Boulay-Layrice	Choc en retour d	2	1	loc.
I. Bouvet	Cinq à sept de chez Pétrone (Les)	4	4	loc.
Moreau-Gramet	Cinq contre un	3	5	loc.
L. Bouvet-F. Muffat	Cinq sous de Lavarenne (Les) d	4	1	loc.
E. Brasseur-L.T.	Circulaire du Préfet (La)	6	5	loc.
Villebichot	Cirque Ponger's (Le)	troupe	2	loc.
L. Lorrain-D. Fabrice	Clair de lune d	7	4	loc.
F. Lebreton-F. Blairat	Clef des Songes (La)	4	3	loc.
L. Bouvet	Clémence d'Auguste (La)	2	1	loc.
Bessière	Clou (Le)	2	2	loc.
L. Collin	Coco Bel-Œil	3	1	loc.
A. Petit	Cocotte et chiffonnier	1	1	loc.
I. Bouvet	Codicille (Le)	4	4	loc.
Ch. Morgel-Le Marran	Celo saute le mur (Le)	5	3	loc.
Villemer, Delormel, Péricaud	Colosse de Rhodes (Le)	3	4	loc.
L. Bouvet-G. Arribal	Commandant Lavertu (Le)	3	4	loc.
S. Paul-G. Rose fils	Commissaire est embêté (Le)	3	2	loc.
Boulay-Layrice	Complice (Le)	3	2	loc.
A. Petit	Confections pour dames	2	4	loc.
L. Bouvet-Schmoll	Congrès des Cocottes (Le)	5	7	loc.
G. Touzell-Barbé	Conquêtes difficiles	3	1	loc.
Lebreton-Moreau	Conscrits bretons (Les) d	7	6	loc.
L. Collin	Conscrit tyrolien (Le)	1	3	loc.
E. Brasseur	Constat d'adultère d	3	3	loc.
Habrekorn et P. Marc	Contes de Piron (Les)	2	10	loc.
Lebreton-Moreau	Contrôleur des Wagons-Bars (Le)	5	3	loc.
A. Marguet-F. Leunblad	Coquins de Souliers	4	2	loc.
Ryver	Cordon s'il vous plaît	3	3	loc.
L. Bouvet-F. Muffat	Cornuflot à la gale	4	1	loc.

P. PALAU D'ELVIDRED et Ch. VALREY

Pour Mademoiselle

COMÉDIE-BOUFFE EN UN ACTE

2 H. 3 F.

Visa du 7 Juillet 1903

PARIS

C. JOUBERT, Éditeur, 25, rue d'Hauteville.

Répertoire de la Société Dramatique.

POUR MADEMOISELLE

Comédie-Bouffe en Un Acte

Représentée pour la première fois à Paris au Théâtre Moderne, 12, Boulevard des Italiens
Le 8 Juillet 1903

PERSONNAGES

PROSPER LAGRAINE	MM. Gouget.
HECTOR DE BOURGNEUF	Carel.
MARGUERITE	Mmes Meryem.
EULALIE	Noris.
PHILOMÈNE	Darvois.

Un salon.

SCÈNE PREMIÈRE

Marguerite, Philomène.

(Au lever du rideau, Philomène est assise dans un fauteuil et brode un petit mouchoir. Marguerite, tout en causant, fait le ménage.)

MARGUERITE

Eh bien, mademoiselle, vous voilà contente, hein ?.. On vous a trouvé un mari ?

PHILOMÈNE

Oh ! contente...

MARGUERITE

Dites peut-être que ça ne vous fait pas plaisir... un petit mari bien doux qu'on mène par le bout du nez... où l'on veut... dans tous les coins...

PHILOMÈNE

Il faut qu'il se laisse faire pour cela... et moi, je n'aurai pas le caractère...

MARGUERITE

Il faut l'avoir... c'est si facile, les hommes... ah ! la la !.. Si nous n'étions pas si bêtes... nous serions toujours les maîtresses.

PHILOMÈNE

Je n'y tiens pas... je ne demande pas à gouverner dans mon ménage... J'aimerai beaucoup mon mari... comme on doit aimer l'homme en qui l'on a confiance.. à qui l'on s'est donnée... Que lui, de son côté, il m'aime bien bien... longtemps... qu'il soit doux envers moi... voilà toute mon ambition...

MARGUERITE

C'est pas grand'chose...

PHILOMÈNE

Cela se peut... mais je suis ainsi et tous les raisonnements du monde n'y feront rien.

MARGUERITE

A propos... je vous demande pardon de l'indiscrétion... mais... il est bien ?

PHILOMÈNE

Qui donc ?.. Mon fiancée ?.. Oui, oui...

MARGUERITE

C'est un officier, je crois ?

PHILOMÈNE

Oui... et il s'appelle Hector de Bourgneuf...

MARGUERITE

C'est un Russe ?

PHILOMÈNE

Mais non... il est de Clamart.

MARGUERITE

C'est chic tout de même !...

PHILOMÈNE

Ah ! le nom m'importe peu...

MARGUERITE

Ça fait rien... j'aime mieux ça que : Jambé —
par exemple — ou tenez... si vous croyez que ça
me ferait plaisir de m'appeler du nom de l'épicier
du 14, à côté...

PHILOMÈNE

Qui ? Monsieur Lerassis ?

MARGUERITE

Oui... là... Lerassis... fatigué, quoi !... tout ce
qu'on veut...

PHILOMÈNE

C'est drôle, ces idées... Ce nom en vaut bien un
autre... c'est aussi joli que Bernard... Dupont...
Enfin, tout ça...

MARGUERITE

Je ne vous dis pas... moi, ça m'embêterait...

PHILOMÈNE

Il y a d'autres choses plus sérieuses qu'un nom
quelconque à considérer avant un mariage.

MARGUERITE

Alors comme ça, il va venir aujourd'hui, votre
futur ?

PHILOMÈNE

Mais ce n'est pas encore mon fiancé... officiel-
lement, du moins... Je crois que c'est aujourd'hui
seulement que l'on va, oui ou non, l'autoriser à
me faire sa cour...

MARGUERITE

Ah !... moi je croyais que c'était réglé...

PHILOMÈNE

S'il ne s'agissait que de papa, ce serait déjà fait...
mais maman... elle hésite...

MARGUERITE

Vous, qu'est-ce que vous en pensez ?

PHILOMÈNE

Je ne sais pas... Il me semble que j'étais bien
ainsi... avec papa et maman... tranquille, dor-
lotée... Pourquoi changer ?...

MARGUERITE

Ah ! bien, j'vois que ça ne vous démange pas
trop...

PHILOMÈNE

Quoi ?

MARGUERITE

Euh !... ben... de vous marier...

PHILOMÈNE

Pensez donc, Marguerite, je n'ai que 19 ans...
Franchement, j'ai bien le temps...

MARGUERITE

C'est vrai...

SCÈNE II

LES MÊMES, Lagraine, *puis* Eulalie.

LAGRAINE, *entrant.*

Bougre !... deux heures !... et le lieutenant qui
va rappliquer... Eh ! bien, quoi, Ménène... tu vas
pas rester comme ça, je suppose...

PHILOMÈNE

Comment, papa ?...

LAGRAINE

Tu vas au moins changer de robe, pour paraî-
tre devant ton futur...

PHILOMÈNE

Pourquoi faire des manières ?...

LAGRAINE

Des manières... des manières... En voilà un
boniment !... C'est pas des manières, c'est de la
convenance... On ne reçoit pas le monde en che-
mise de nuit... surtout un futur époux... Il aura
bien le temps de te voir comme ça...

PHILOMÈNE

Quelle robe veux-tu que je mette, papa ?

LAGRAINE

La rouge...

PHILOMÈNE

Je n'en ai pas...

LAGRAINE

La jaune, alors...

PHILOMÈNE

Je n'en ai pas non plus...

LAGRAINE

Ah ! zut !.. Après tout... mets ce que tu as de mieux !

PHILOMÈNE

Bien, papa... (*Elle sort.*)

LAGRAINE

Marguerite, je...

EULALIE, *entrant.*

Prosper, dis donc, Prosper... je veux te parler...

LAGRAINE

J'ai pas le temps... L'lieutenant va s'amener d'un moment à l'autre et je...

EULALIE

C'est justement... Il faut que je te cause avant...

LAGRAINE

Ah ! bien, vite, alors !.. Qu'est-ce qu'il y a ?

EULALIE

Marguerite, allez donc préparer les affaires de Monsieur... (*Marguerite sort.*)

LAGRAINE

J'écoute...

EULALIE

Bien, voilà... J'ai réfléchi à quelque chose... de très sérieux...

LAGRAINE

A propos de quoi ?..

EULALIE

A propos de Philomène...

LAGRAINE

Qu'est-ce qu'il y a encore ?.. Tu veux, une fois de plus, tout détraquer ?..

EULALIE

Il n'y a rien à détraquer, puisque, en somme rien n'est décidé...

LAGRAINE

C'est comme si c'était fait...

EULALIE

Comme si... comme si... Enfin, ça ne l'est pas !..

LAGRAINE

Bon !.. Je veux bien... Après ?..

EULALIE

Le lieutenant, je ne te cache pas me plaît beaucoup... Un nom... une belle situation... seulement il y a quelque chose qui m'effraie...

LAGRAINE

Quoi ? Qu'est-ce qui t'effraie ?

EULALIE

Tu connais bien notre fille... tu sais quel mal nous avons eu à l'élever... même encore maintenant... elle est petite, frêle, délicate... c'est une petite nature qu'il faut ne pas trop brusquer...

LAGRAINE

Ben... il ne lui flanquera pas des coups, je suppose...

EULALIE

Laisse-moi donc t'expliquer Philomène, tu le sais bien a été élevée dans l'ignorance. Je t'en supplie, laisse-moi causer...

LAGRAINE

Tu fais qu'ça, il n'y en a que pour toi.

EULALIE

Prosper... une dernière fois... ne m'interromp pas, le moment est grave.

LAGRAINE

Bon, vas-y.

EULALIE

Eh bien, voilà... j'ai beaucoup réfléchi sur ce mariage... le lieutenant est militaire...

(*Lagraine, abruti, pousse un gémissement.*)

Tu ne comprends pas... je veux dire qu'il est soldat...

LAGRAINE

Ça y est, c'est une attaque... Ce mariage l'a rend loufoque !.

EULALIE

C'est toi qui es fou... Si tu plaisantes sur des questions aussi sérieuses c'est que tu n'aimes pas notre fille...

LAGRAINE

J'aime autant Philomène que toi... Seulement, tu viens me rabâcher de soldat militaire et de militaire soldat... parle lisiblement au moins!

EULALIE

Si je dis ça... c'est avec raison... A ce qu'il paraît que ces gens-là, la délicatesse envers une femme... ça leur est bien égal.

LAGRAINE

Avec tout ça, où veux-tu en venir?

EULALIE

A ceci, que je ne veux pas que ma fille, avec le caractère qu'elle a, ait affaire à une brute, là!

LAGRAINE

Qu'est-ce qui te fait supposer que ce garçon soit une brute?.. Hein?.. hein?.. Qu'est-ce qui te fait supposer ça?.. Au contraire, moi, tu vois, je lui ai plutôt trouvé l'air chose...

EULALIE

Justement, il doit être sournois.

LAGRAINE

Et puis après?

EULALIE

Après?..

LAGRAINE

C'est idiot!.. L'air fait pas la chanson... Il peut très bien être et pas avoir l'air... comme il peut très bien avoir l'air et puis pas être... comme on dit en latin: *To bi or not to bi*... Ça signifie rien du tout...

EULALIE

J'sais ça aussi bien que toi... Seulement, je te répète une chose... c'est que si je suis pas renseignée... j' donne pas mon consentement...

LAGRAINE

Oh! tu en as de bonnes!.. Non, mais tu blagues?.. Enfin, nous ne pouvons pas exiger de ce garçon certains renseignements...

EULALIE

Sans les lui demander, on peut bien... Voyons... Entre hommes, ce sont des choses qu'on doit se dire... C'est naturel...

LAGRAINE

Mais non, mais non... je ne me charge pas de ça!

EULALIE

Trouve autre chose...

LAGRAINE

Bon!.. (*Un grand temps.*)

EULALIE

Eh ben, ça y est?

LAGRAINE

Quoi?

EULALIE

Le moyen?

LAGRAINE

Quel moyen?

EULALIE

Le lieutenant...

LAGRAINE

Ah! je ne cherche pas... Ça serait trop long... Fais ça toi-même... Je vais me faire raser...

EULALIE, *poussant un cri.*

Prosper!..

LAGRAINE

Ah! Nom de Dieu!.. Crie pas comme ça, j' croyais que le plafond foutait le camp.

EULALIE

Pros... p...er... J'ai trouvé!..

LAGRAINE

Tu m'étonnes!

EULALIE

Il n'y a que ce moyen-là!... Mais du coup, nous serons fixés...

LAGRAINE

Envoie-le...

EULALIE

C'est tout simple... Marguerite, la bonne, elle est gentille, elle n'a pas froid aux yeux... et, entre nous... un homme peut bien en faire ses « choux gras » comme on dit... Pas?

LAGRAINE

Oui, oui... Après?

EULALIE

Si nous lui demandions de nous rendre le service... le grand service... de nous renseigner...

LAGRAINE

Hein ?... Comment ça ?

EULALIE.

Quand le lieutenant viendrait... elle lui ferait de l'œil... elle l'agacerait... Un militaire, tu sais, c'est rare s'il résiste, surtout quand la prise en vaut la peine...

LAGRAINE

Et puis ?...

EULALIE

Eh bien ! elle pourrait bien nous dire, à peu près...

LAGRAINE

Mais, voyons... tu n'y penses pas !... proposer ça à cette fille... C'est épouvantable !... Une fille sage, honnête... Ah ! mais non !... Et au fait... je ne veux pas... je ne veux pas... je... je...

EULALIE

Prosper, il n'y a que ce moyen... Nous donnerons une récompense à Marguerite et tout sera dit !... Au fond, elle en sera bien contente...

LAGRAINE.

Mais le lieutenant est en train de s'amener... il doit repartir demain matin, et c'est ce soir que nous devons décider oui ou non...

EULALIE

C'est pour cela que nous n'avons pas le temps de chercher autre chose... Allons, Prosper, c'est dit ?...

LAGRAINE.

Quoi qu'est dit ?... Quoi qu'est dit ?...

EULALIE

On va prévenir la bonne...

LAGRAINE

Eh ! J' m'en fous ! Fais ce que tu voudras !... mais moi, je ne m'en charge pas !

EULALIE

Je pense bien !... Fais-la venir... Je vais lui causer...

LAGRAINE

C'est ça !... Non, mais quelle idée !... Savoir si ce lieutenant de dragons... *(Il sort).*

SCÈNE III

Eulalie, *seule, puis* Philomène, *puis* Marguerite.

EULALIE, *seule.*

Comme ça, ça va sur des roulettes !... La petite bonne ne demande pas mieux !... Ah ! la la !... Un militaire !... et un officier... Et puis, c'est de son âge, cette fille !... Et puis enfin, quoi ! le bonheur de mon enfant avant tout ! C'est mon devoir de mère.

PHILOMÈNE, *entrant.*

Maman, me voilà prête... Suis-je assez bien ainsi ?

EULALIE

Tu es belle comme un petit ange, ma poulette !...

PHILOMÈNE

Cela suffit, n'est-ce pas ?

EULALIE

Pourquoi donc, mon enfant ?

PHILOMÈNE

Pour monsieur de Bourgneuf... S'il avait fallu écouter papa, je n'aurais jamais eu une assez belle robe à me mettre...

EULALIE

Ton père exagère... Une jeune fille doit se présenter devant son fiancé dans une tenue qui reflète extérieurement la modestie d'une âme pure... Après le mariage, si l'on veut s'empanacher de dentelles et de rubans, ça, c'est l'affaire des gens... Mais, jusque-là,... de la simplicité... de la simplicité !...

MARGUERITE, *entrant.*

Madame ?...

EULALIE

Ah ! vous voilà, Marguerite... *(A sa fille)* Mon enfant, retire-toi un instant, je te prie...

PHILOMÈNE

Bien, maman. *(Elle sort).*

SCÈNE IV

Eulalie, Marguerite.

MARGUERITE

Madame désire me causer ?

EULALIE

Oui, Marguerite... très sérieusement...
(Elle s'assoit.)

MARGUERITE

Je... j'écoute madame...

EULALIE

Approchez, ma fille... Venez... N'ayez pas peur... Je n'ai rien à vous reprocher... au contraire... C'est un grand service que je vais vous demander...

MARGUERITE

Bien, madame...

EULALIE

A toute autre que vous, Marguerite, je n'oserais causer comme je vais le faire... Mais j'ai beaucoup de sentiment pour vous... Je crois que, de votre côté, vous avez pour ma fille une grande affection...

MARGUERITE

Oh ! oui, madame !.. J'aime beaucoup mademoiselle Philomène... et pour lui être agréable, je ferais tout ce qu'il est possible...

EULALIE

Vous m'encouragez, ma petite... Voici de quoi il s'agit... Philomène est pour se marier... Vous devez le savoir...

MARGUERITE

Je sais, en effet, madame...

EULALIE

Le futur nous plaît énormément... Mais un point nous embarrasse... et avant de donner notre consentement, monsieur Lagraine et moi, voudrions être éclairés...

MARGUERITE

Eclairés !

EULALIE

Non, ma fille, je vais vous expliquer... Nous voudrions savoir si monsieur de Bourgneuf a... quand...

MARGUERITE

Mince alors... ça vient pas vite !

EULALIE

Avant que ma fille soit mariée, je... Avez-vous vu le lieutenant ?...

MARGUERITE

Oui, madame...

EULALIE

Comment vous paraît-il ?

MARGUERITE

Comme quoi, madame ?

EULALIE

Vous fait-il l'effet d'être gentil... doux... ou brutal ?

MARGUERITE

Mon Dieu... comme ça... dans le milieu...

EULALIE

Dans le milieu... Ben, je voudrais savoir si... quand le lieutenant est avec une dame, pour...

MARGUERITE

Ah ! j'y suis, Madame... Vous voudriez savoir si le lieutenant... *(Elles éclatent de rire.)*

EULALIE

Justement !.. Marguerite, vous avez trouvé...

MARGUERITE

Madame a besoin de moi, pour cela ?..

EULALIE

Oui, Marguerite, nous avons besoin de vous...

MARGUERITE

Comment faut-il que je m'y prenne ?..

EULALIE

Aujourd'hui, M. de Bourgneuf, c'est le fiancé...

MARGUERITE

Mais oui, madame... je sais...

EULALIE

... Va venir... Quand il sera là, je m'arrangerai pour vous laisser seule avec lui... Aguichez-le... et faites en sorte de savoir... ce que vous savez...

MARGUERITE

Oh ! mais, madame, c'est grave... ce que vous me demandez là !.. Songez donc !..

EULALIE

J'y songe, Marguerite, et c'est pourquoi, si vous acceptez... nous vous serons éternellement reconnaissants... Après ce temps, vous ferez partie de la famille... et soyez certaine que vous serez bien récompensée.

MARGUERITE

Oh ! madame... ce n'est pas pour de l'argent que je consens à ce que vous me demandez...

EULALIE

Merci... merci sincèrement...

MARGUERITE

Non, madame... l'argent ne fait rien à ça... Je le fais pour mademoiselle que j'aime beaucoup et qui, pour moi, a toujours été une amie plutôt qu'une maîtresse... pour mademoiselle enfin, pour Mademoiselle ! ! !

EULALIE

Alors, ma chère Marguerite, c'est une affaire convenue ?

MARGUERITE

Oui, madame... Ça y est !.. vous pouvez compter sur moi...

EULALIE, insinuant.

Avant ce soir ?..

MARGUERITE

Oui, madame...

EULALIE

Songez que nous attendons anxieusement ce verdict sacré... Le bonheur de Philomène est à ce prix.

SCÈNE V

LES MÊMES, Lagraine.

LAGRAINE, entrant

— Y avait trop de monde chez le coiffeur, j'avais le numéro 17. Alors je suis revenu. Eh bien ?

EULALIE

Remercie Marguerite, mon ami... Elle accepte !

LAGRAINE.

Marguerite... je... nous... je vous remercie... (On sonne) V'là l' lieutenant !.. Vite, courez ouvrir !..

MARGUERITE

C'est lui que ?..

EULALIE, LAGRAINE

Oui !.. Oui !

MARGUERITE

J'y vole...

EULALIE

Je vais prévenir Philomène...
(Eulalie et Marguerite sortent.)

SCÈNE VI

Lagraine, puis de Bourgneuf.

LAGRAINE

Ah ! la bougresse !.. Elle marche !.. Reste à savoir si le dragon va entrer dans la combinaison... Elle a tout de même raison, ma femme... Faut savoir si cet homme-là a l'habitude de prendre des gants pour parler aux femmes... Mais, bougre de bon Dieu ! on n'avait pas besoin de la bonne pour ça !.. Il me semble que...

MARGUERITE, annonçant.

Le lieutenant Hector de Bourgneuf...

HECTOR

Bonjour, cher... cher...

LAGRAINE

Vous hésitez à dire : « Cher beau-père... » parce que ce n'est pas officiel...

HECTOR

Bien, dame...

LAGRAINE

Ça ne fait rien... Allez y donc !.. bombardez-moi de beau-père tant que vous voudrez !.. J'm'en fous !.. Ça n'engage à rien !

HECTOR

Merci !.. Eh bien, alors, cher beau-père, comment vous portez-vous ?

LAGRAINE

Pas pas... pas mal !.. Voyez, depuis ce matin, je ne me suis pas assis une seule fois !..

HECTOR

Et votre charmante famille ?..

LAGRAINE

Ma charmante famille aussi... et vous ?.. asseyez-vous donc... Débarrassez-vous donc de ce machin-là... c'est gênant...

HECTOR

Non, du tout...

LAGRAINE

Mais si... Vous n'allez pas rester tout le temps à bercer ce pot de feuilles sur vos genoux...

HECTOR

Mais, c'est que je...

LAGRAINE

Vous vouliez me l'offrir ?

HECTOR

Non... c'est pour Melle Philomène...

LAGRAINE

Merci tout de même... Ben, collez-le par terre, à côté de vous lui donnerez quand elle viendra... *Eulalie entre.*)

SCÈNE VII

LES MÊMES, **Eulalie**, *puis* **Philomène.**

LAGRAINE

Ah ! Voilà votre belle-mère...

HECTOR

Bonjour, très chère... chère...

LAGRAINE

Nom de Dieu ! Allez-y donc que j'vous dis !.. Qu'est-ce-que ça peut vous faire ?..

HECTOR

Chère belle-maman, votre santé est toujours excellente à ce que je vois...

EULALIE

Moi... un printemps... je me porte comme un printemps...

LAGRAINE

Ben alors, tu dois être rudement humide, si tu te trimballes comme le printemps...parce que depuis deux, trois ans... quelle flotte !...

EULALIE

Voilà la fille... Avancez, jeune enfant...

HECTOR

Ah ! bonjour, mademoiselle... comme je suis heureux de vous revoir... Permettez-moi de vous offrir ce petit pot de... de...

LAGRAINE

Qu'est-ce que vous cherchez ?...

HECTOR

Un pot...

EULALIE

Ça ?... Ah ! c'est à vous !... Oh ! pardon !...

HECTOR

Il n'est pas à moi... il est à mademoiselle à qui je l'offre... avec mes hommages...

PHILOMÈNE

Merci, monsieur... Merci beaucoup...

EULALIE

Tiens, tu peux le sentir... Maintenant... ici, il fera très bien...

LAGRAINE

Vous n'allez pas rester harnaché comme ça, il faut vous mettre à l'aise... dégraffez, lieutenant... dégraffez...

EULALIE

Mémène et moi, nous sortons un instant pour une petite course chez Mme Tuile, et nous revenons...

LAGRAINE

Ah bien !... bon... Moi, j'ai justement une lettre pressée à écrire... c'est l'affaire d'une minute...

EULALIE

Le lieutenant va rester seul...

LAGRAINE

Non, pendant ce temps-là, il va se mettre à l'aise...

HECTOR

Mais oui... mais oui... Ne vous dérangez pas pour moi, je vous prie... Je serai très bien ici... à lire un journal... Faites donc... faites donc...

EULALIE

Alors, à tout à l'heure..

HECTOR

C'est ça...

EULALIE

Je vais vous envoyer la bonne pour qu'elle monte votre petite valise.

HECTOR

Mais non... mais non...

EULALIE

Laissez donc...

HECTOR

Je suis confus... Je vous donne du dérangement...

LAGRAINE

Vous plaisantez, voyons... Ici, vous êtes chez vous... faites ce que vous voulez... Voici des journaux, des brochures... Si vous préférez faire un tour au jardin... il y a un paillasson... des fléchettes... et un jeu de tonneau... Ah ! moi, je suis très fort, au tonneau... Je mets dans la grenouille à chaque fois...

HECTOR

Si vous voulez, nous ferons quelques parties...

LAGRAINE

Avec plaisir... Je vous demande pardon... je... ma lettre...

HECTOR

Allez donc... allez donc... cher... cher... beau-père... (*Lagraine sort.*)

SCÈNE VIII

Hector, *puis* Marguerite.

HECTOR, *seul.*

Elle me plaît beaucoup, cette petite maison... C'est gentil, ça... Encore quelque chose qui me reviendra... En attendant, l'été, nous viendrons, ma petite femme et moi, demander l'hospitalité aux beaux-parents pour un ou deux mois... Et nous resucerons notre lune de miel... dans les buissons du petit jardin... au son du... du rossignol... sur l'herbe... Il y a justement là une petite pelouse... bien à l'ombre...

MARGUERITE

Ah ! le voilà !... attention !... C'est pas facile... On va toujours essayer... (*Elle remue les meubles, marche en scène. Hector ne bouge pas.*) Qu'est-ce qu'y regarde comme ça ?...

HECTOR

P'tite p'louse ! p'tite p'louse !...

MARGUERITE

Il est marteau !...

HECTOR, *déclamant.*

Boutons d'or... Marguerites...

MARGUERITE

Oh ! ça colle !.. M'sieu, je suis là...
(*Elle s'approche doucement.*)

HECTOR

Euh !... Quoi !... Bonjour, ma fille... Vous me demandiez ?...

MARGUERITE

Rien... Je vous dis : je suis là...

HECTOR

Merci... Je le vois bien...

MARGUERITE

Oui... Eh bien, me voilà...

HECTOR

Eh bien ?...

MARGUERITE

Si vous voulez...

HECTOR

Comme ça ?

MARGUERITE

Vous venez de dire : Marguerite..., c'est moi Marguerite...

HECTOR

Mais non... je... Oh ! mais, tiens, tiens, elle est gentille, cette petite...

MARGUERITE

Alors, monsieur, si vous voulez...

HECTOR

Hein, comme ça, là... c'est-à-dire que... Dites donc...

MARGUERITE

Monsieur ?...

HECTOR

Votre maîtresse et sa fille sont sorties ?...

MARGUERITE

Oui, monsieur...

HECTOR

Il ne reste que M. Lagraine, ici ?

MARGUERITE

Oui, monsieur...

HECTOR

Eh bien ! allez donc voir ce qu'il fait... et revenez...

MARGUERITE

Bien, monsieur... (*Elle sort.*)

SCÈNE IX

Hector, *seul, puis* Lagraine

HECTOR, *seul.*

Ça, par exemple... c'est crevant !.. Juste là, au moment où je pensais à des tableaux charmants... la petite bonne qui me tombe dans les bras... La coïncidence... c'est rigolo !.. Faudra que je conte ça au cercle... Non, mais c'est qu'elle marche... elle marche... ce que c'est tout de même que l'uniforme... Oui, mais, cette fille-là, si elle allait chantez ça partout... ça me ferait des histoires ici... Et puis, tiens, j'y pense... c'est peut-être un piège tendu... Oh ! oh !... c'est vrai, ça !... Non ! décidément, je me retiens... c'est plus prudent...

LAGRAINE, *entrant.*

Vous êtes toujours seul, lieutenant... Je vous demande pardon...

HECTOR

Faites... faites...

LAGRAINE

Où donc ma femme a-t-elle mis ce papier ?... Ah !... voilà !... je vous relaisse... A tout-à-l'heure...

HECTOR

C'est ça...

LAGRAINE

Dites donc... si vous vous embêtez de trop... ne vous gênez pas pour sortir faire un petit tour jusqu'au semblant de casino... au bout de la rue... là... Le concert est toc... seulement il y a des petites femmes... très abordables et pas cher !...

HECTOR

Beau-père !...

LAGRAINE

Si, si... je les connais...

HECTOR

Ah ! si...

LAGRAINE

C'est, du reste, le seul agrément de la localité... Allez-y donc !

HECTOR

Je ne puis, cher beau-père... J'appartiens à votre fille, maintenant...

LAGRAINE

Pas encore...

HECTOR

Non, mais...

LAGRAINE

Eh bien ! vous n'allez pas faire vos Pâques comme ça, jusqu'au jour du mariage... Du reste, je vous en donne la permission... Alors...

HECTOR

Vous savez, je...

LAGRAINE

Nous n'êtes pas décidé, hein ?... Nous irons ensemble... A tout à l'heure... (*Il sort.*)

SCÈNE X

Hector, *puis* Marguerite

HECTOR

Ah ! mais il en a de bonnes, le beau père ! Oh ! bien, à présent, je suis paré... J'aime mieux ça... La bonne peut venir, je l'attends... de pied ferme.

MARGUERITE, *entrant.*

Monsieur est dans son bureau... Il est occupé...

HECTOR

Qu'est-ce qui fait ?

MARGUERITE

Y gueule tout seul...

HECTOR

C'est sa lettre... Bien... Venez-là... Vous voulez bien ?...

MARGUERITE

Oui, monsieur...

HECTOR

Vous êtes gentille...

MARGUERITE

Ah !..

HECTOR

Dites donc, Marguerite... ma chambre est-elle loin de la vôtre ?..

MARGUERITE

Euh ! non... Il y a juste le petit escalier à monter... C'est au-dessus...

HECTOR

Vous voulez bien que j'aille vous dire bonsoir... ce soir ?

MARGUERITE

Je vous plais, alors ?

HECTOR

Enormément, Marguerite... Vous êtes adorable!

MARGUERITE

C'est que ce soir, je... c'est pas facile... On peut faire du bruit.., puis, je serai fatiguée... et demain, on lave...

HECTOR

Pourquoi pas tout de suite ?

MARGUERITE

Alors, vous voulez venir pendant que Monsieur travaille ?

HECTOR

Oui.., mais comment ça ?

MARGUERITE

Tenez... Je fais semblant de monter votre valise dans la chambre... vous me suivez et... et voilà !..

HECTOR

Et voilà !.. (Ils sortent).

SCÈNE XI

Lagraine, *puis* **Eulalie,** *puis* **Philomène,** *puis* **Marguerite.**

LAGRAINE, *passant la tête.*

Mais oui... c'est ma foi vrai... Ils sont montés !.. Ah ! les salauds !.. Il va bien le gendre !.. Il va même très bien !.. C'est pas long avec lui... Il est vrai que le terrain était bien glissant... C'est tout

de même une drôle de façon de prendre des renseignements sur la distinction des gens... Ah ! il n'y a que les femmes pour avoir des idées comme ça !.. Mais il y aurait une chose sublime... héroïque... pour une future belle-mère... Ce serait d'en rendre compte... elle-même... Seulement, moi le mari... j'aurais pas marché... et puis, le gendre aurait peut-être pas marché non plus... surtout avec une bouillotte comme celle de ma femme... Y a bien un air qui dit : « Pour avoir la fille... etc... » Oh ! non !.. ce serait par trop de Purgatoire avant le Paradis !

EULALIE, *entrant.*

Marguerite... Margue...rite... Où est Marguer ?.. Déjà !.. Bigre !.. C'est pas long... bien, tant mieux... plus tôt ce sera fait, mieux cela vaudra... Car, vois-tu, Prosper, au fond, ça m'ennuie bien un peu, pour cette pauvre Marguerite... Brave fille... et on dit que les domestiques ne sont plus dévoués !..

LAGRAINE

Où est ta fille ?..

EULALIE

Elle donne à boire à Trésor...

LAGRAINE

Bien !.. Il ne faut pas qu'elle monte !..

EULALIE

C'est juste ! (Un temps.)

EULALIE

Mme Thuile n'était pas chez elle...

LAGRAINE, *tirant sa montre.*

Dix minutes... Ils en sont au rôti...

EULALIE

Qui ça ?

LAGRAINE

Là-haut !..

EULALIE

Pauvre Marguerite !..

LAGRAINE

Ça, je ne peux pas dire... Alors, Mme Thuile n'était pas chez elle ?

EULALIE

Non... Alors, nous sommes revenues Mémène et moi, tout tranquillement et voilà...

LAGRAINE

Et voilà… un quart d'heure… La salade, au
moins…

EULALIE

Pour ?..

LAGRAINE

Là-haut !.. là-haut. Dis donc… cela suffit peut-
être ?.. Le dessert est inutile, je crois…

EULALIE

Laisse donc… Tu dois bien ça à ta fille !

VOIX DE PHILOMÈNE

Maman, je monte…

LAGRAINE

Hé ! là ! Hé !..

EULALIE

Mémène… Viens voir un peu… écoute…

PHILOMÈNE

Maman ?

EULALIE

Pourquoi montes-tu ?

PHILOMÈNE

Je vais remettre mon chapeau dans mon armoi-
re… Veux-tu que j'y mette le lien aussi ?…

EULALIE

Mais non… Reste un peu ici… Tu as bien le
temps !..

PHILOMÈNE

Où est donc le lieutenant ?

EULALIE

Il se promène…

LAGRAINE

Oui…

PHILOMÈNE

Où donc ?..

EULALIE

Dans le jardin.

PHILOMÈNE

Qu'est-ce qu'il fait ?

EULALIE

Rien !

LAGRAINE

Les grandes manœuvres… là !

PHILOMÈNE

Ah !..

EULALIE

Oui… ton père lui a dit que…

LAGRAINE

Chut !.. On a bougé…

EULALIE

Oui… On descend en courant !.. Je reconnais
le pas de Marguerite… Petite… va voir vite si
Trésor est bien attaché… Va !..

PHILOMÈNE

Il est très bien attaché, maman… Je…

EULALIE

Ça ne fait rien… Va voir, te dis-je !

PHILOMÈNE

Mais maman, je te…

LAGRAINE

Veux-tu écouter ta mère, bon Dieu !..

PHILOMÈNE, sortant.

Oui, papa… Mais je suis sûre que Trésor…
etc…

EULALIE

Voilà Marguerite… Nous allons savoir…

LAGRAINE

Enfin !..

EULALIE

Eh bien, Marguerite, eh bien ?

MARGUERITE

Soyez tranquille sur la distinction du lieutenant.

RIDEAU

Vannes. — Imprimerie LAFOLYE frères, place des Lices. — 1903.

VARIANTES NON VISÉES

PAGE 5. — COLONNE 2.

EULALIE

Après la phrase : À été élevée dans l'ignorance. *(Ajouter) :* Des saletés de la vie.

LAGRAINE

Saletés.

EULALIE

Je t'en supplie, laisse-moi causer.

PAGE 6. — COLONNE 1.

EULALIE

Après ? Ben je veux savoir comment il se conduit dans l'intimité.

PAGE 7. — COLONNE 1.

LAGRAINE

Si ce lieutenant a oui ou non une lance d'ordonnance.

PAGE 8. — COLONNE 1.

MARGUERITE

Éclairés ! Alors Madame veut que je tienne le bougeoir.

PAGE 10. — COLONNE 2.

HECTOR

Un pot !

LAGRAINE

Allez donc dans le jardin, c'est plus près.

HECTOR

Non un pot de fleurs.

PAGE 11. — COLONNE 2.

HECTOR

Tiens, tiens, elle est gentille cette petite. Histoire d'essayer la petite pelouse.

PAGE 13. — COLONNE 2.

EULALIE

Où est Marguerite ?

LAGRAINE

Chut !... Elle est au cours de maintien.

EULALIE

Quoi ?

LAGRAINE

Elle... examine.

PAGE 14. — COLONNE 1.

EULALIE

Pauvre Marguerite !... Sais-tu si le lieutenant découpe bien.

PAGE 14. — COLONNE 2.

MARGUERITE

Soyez tranquille sur la distinction du lieutenant. *(L'artiste supprime cette phrase et dit seulement :)* Vous pouvez y aller... C'est comme Monsieur ! ! !

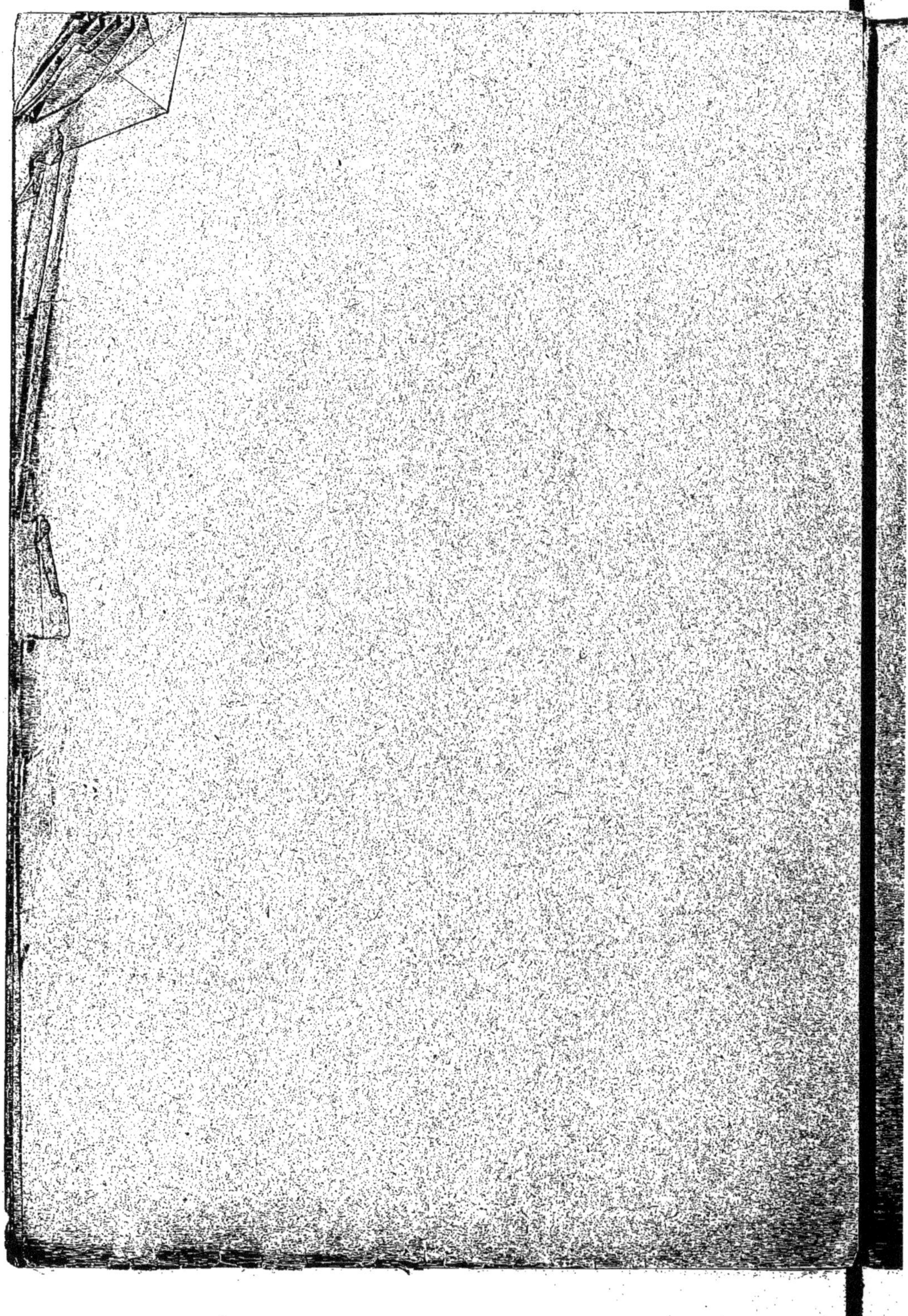

AUTEURS	TITRES DES ŒUVRES	Hommes	Femmes	Prix nets
R. Brasseur	Constat d'adultère d	6	3	loc.
Habrekorn et P. Marc	Contes de Piron (Les)	2	10	loc.
Lebreton-Moreau	Contrôleur des Wagons-Bars (Le)	5	3	loc.
R. Maygrier-P. Lemoiland	Coquins de Souliers	4	2	loc.
Ryvez	Cordon s'il vous plait	3	3	loc.
Lebreton-Moreau	Côte et Cocottes	4	4	3 »
C. Roland	Courroie (La)	2	1	loc.
J. Daro et G. Habrekorn	Course aux pantalons (La) d	4	4	loc.
L. Bouvet-G. Arrihat	Course au Sac (La)	4	2	loc.
Habrekorn	Couturière est au-dessus (La)	2	5	loc.
G. Cellier et E. Joullot	Couverture (La)	4	3	loc.
F. Bouveret	Créanciers du coffre-fort (Les)	5	3	loc.
Marsan (de)	Crépuscule des vieux (Le)	3	2	loc.
Mize et Saintis	Crocodile a des scrupules (Le) d	3	3	loc.
Guillemand-de-Marsan	Culotte à l'envers (La) d	15	10	loc.
De Rose et d'Arsay	Culotte du marié (scène) (La)	1	»	1
H. Duharnois	Cure Merveilleuse (La)	3	1	loc.
Saint-Paul	Dame aux bluets (La)	2	2	loc.
Lebreton-Moreau	Dans cent ans d	troupe	»	loc.
Pierre Achard	Dans l'Escalier	2	1	loc.
Sourilas	Dégratée d	3	3	5
Mestre-Aubry	Demoiselle des Martigues (La) d	3	10	loc.
Cellier-Gramet	Demoiselles Plumemboy (Les)	3	4	loc.
Marc Sonal-Pierre Lancer	Départ du régiment (Le) d	5	10	loc.
Saint-Paul	Déraillement (Le)	3	2	loc.
St-Paul-G. Rose fils	Dernière carotte (La)	3	2	loc.
J. Lefèvre	Dernier verre (Le)	2	1	4 »
F. Barbier	Deux amours de chandeliers	1	1	3 »
F. Matt	Deux avares (Les) d	2	1	3 »
Ch. Hubans	Deux coqs vivaient en paix	2	1	6 »
F. Gracia	Deux estafiers (Les)	2	»	2 »
Vallès-Garnier	Deux femmes de M. Grochose (Les)	3	2	loc.
A. Condamin	Deux heures de retard	2	2	loc.
M. Chantaine	Deux muses (Les)	2	»	loc.
F. Barbier	Deux parfaits notaires (Les)	2	»	loc.
Hervé-Lecocq	Deux portières pour un cordon d	3	»	loc.
Gribinski	Dévène (La)	2	»	loc.
Moreau-Blairat	Diable au Moulin (Le)	3	2	loc.
St-Paul-G. Rose fils	Divorcerons-nous	3	2	loc.
Gramet-Talber	Doigt coupé (Le)	troupe	»	loc.
Léon Laroche	Domestique pour rire (Un)	1	»	4 »
G. Rose fils	Don Juan de Montmartre	3	3	loc.
Saint-Maurice	Doubles Vierges (Les) d	troupe	»	loc.
L. Bouvet-Lebreton	Drapeau du Régiment (Le)	5	2	4 »
Soulé	Drapeau jaune (Le) d	4	2	4 »
F. Muffat-L. Louvet	Dudule	2	2	loc.
Rose-Ferry	Dupont et Dupont	2	»	loc.
St-Paul et Rose fils	Durandard est un bon garçon	2	2	loc.
Bettin, Boulay-Layrice	Durifiard	5	2	loc.
L. Bouvet-Schmoll	Échange de bals	4	5	loc.
De Lannoy et Lions	Écharpe (L')	4	2	loc.
J. Domerc	École buissonnière (L')	3	»	3 »
Boulay-Layrice	École des Cocus (L')	2	3	loc.
Yver-Septmons	Eh! Ohé! Ladrupette! d	4	»	loc.
Trebla-Croisier	Elle! d	4	»	loc.
Ed. Lhuillier	Elle débute ce soir	1	»	loc.
Delarnelle	El senor Piffardino	1	1	loc.
M. de Marsan	Empire du milieu (L')	4	»	loc.
Marsay	En colonne d	troupe	»	loc.
Daunys et Morels	Encore un déraillement	3	2	loc.
Saint-Paul	Encore une revue	4	»	loc.
Lebreton-Moreau	Enfant des halles (L') d	4	»	loc.
Jallais-Hubans	Enlèvement des Sabines (L')	troupe	»	loc.
Guillemand-de-Marsan	Enfants d'Édouard (Les) d	2	3	loc.
Lebreton-Duroc	Enragés d	4	4	loc.
Gribinski	En répétition	2	»	loc.
Villebichot	Entre deux jardins	1	»	4 »
Lebreton-Duroc	Entresol d'Eugène (L') d	4	6	loc.
Garnier-Vallès	Erreur de Bridouille (L')	2	»	loc.
Banès	Escargot (L')	3	»	6 »
A. Pajol	Esprits d'Argenteuil (Les)	2	»	8 »
P. Pottier-R. Dubreuil	Estime du Concierge (L')	2	»	loc.
D. Dihau	Éternel roman (L')	3	»	4 »
Daurel-Boydel-Trasse	Étrennes utiles	3	»	loc.
L. Janvey	Exercice de nuit	3	2	loc.
Garnier-Vallès	Exploits de Malichard (Les)	6	4	loc.
L. Bouvet-Ch. Darapittes	Extras de Balochard (Les) d	3	»	loc.
St-Paul-G. Rose fils	Fais ça pour moi	3	2	loc.
F. Beauvallet	Faites le jeu, Messieurs d	3	2	loc.
Moreau-Gramet	Famille Nitouche (La)	3	4	loc.
L. Bouvet-J. Serry-Retis	Family-Place	6	»	loc.
Lebreton-Moreau	Farces du Printemps (Les) d	6	4	loc.
St-Agnan-Cholet	Faut du prestige (vaud.) d	3	2	loc.
Lebreton-Duroc	Faut qu'j'casse la... à Baptiste d	5	3	loc.
G. Rose père	Faux cols d'Oscar (Les)	3	2	loc.
B. Lanqui-Lions	Félicité	3	»	loc.
Flers	Femina d	troupe	»	loc.
Ch. Gabet	Femme de Valentino (La) d	2	2	loc.
Moreau	Femmes qui fument (Les) d	7	8	loc.
F. Chandoir	Fête à Claudine (La)	1	1	loc.
E. Duhem	Fête à M. le Maire (La)	5	2	4 »
Guillemand	Fenille à l'envers (La) d	4	3	loc.
G. Fortin-A. Doyen	Fiançailles de Toinette (Les) d	1	1	loc.
Dorfeuil-Bouvet	Fiancé des Nourrices (Le) d	4	5	3 »
Javelot	Fiancés berrichons (Les)	1	1	loc.
Soulié	Fiancés du bonnet de coton (Les)	1	1	5 »
L. Vasseur	Fichue idée d	2	1	5 »
Inglisano-Talber	Fichue situation d	4	4	loc.
Liouville	Fièvre phylloxérique (La)	3	2	4 »
Berthé	Fille du charpentier (La)	3	1	5 »
Lebreton-Moreau	Fille du marin (La) d	8	7	loc.
Dourel, Boydel, E. Harvé	Filles de Corneville (Les)	4	7	loc.
Lebreton-Soudant	Filles de la Cantinière (Les) d	7	4	loc.
Lebreton	Filles du Charentier (Les)	3	3	loc.
Lebreton-Moreau	Fils à Papa (Le) d	4	7	loc.
Lebreton-Moreau	Fils de Gouape	4	4	loc.
Chaulieu et Battaille	Fils de M. Alphonse (Le) (vaud.) d	5	2	loc.
Duroc-Mailfait	Five O'Clock de la Baronne	7	2	loc.
Villebichot	Fleuriste et typographe	1	1	5 »
Lebreton-Talber	Foire aux nichons (La) d	7	7	loc.
Pradels-Quinel	Fosse aux ours (La)	4	4	loc.
Lemonnier	Françoise les bas bleus d	troupe	»	loc.
Moreau-Soudant	Francs-tireurs de la mort (Les)	troupe	»	loc.
Lebreton-Boissier	Frangine (La) d	7	6	loc.
Lévy-Merset	Fantrognon d	8	11	loc.
Lebreton-Moreau	Frère de lait (Le)	1	2	4 »
Larin-Tomy	Friper's and Co d	5	9	loc.
Lebreton-Moreau	Friquet d	9	7	loc.
Bieutat	Furet (Le)	»	1	4 »
Moreau-Touzé	Gai gai mariez-vous!	4	3	loc.
Moreau-Darsay	Gaîtés du bastion (Les)	5	3	loc.
Marsele (L.)	Galant Douanier	3	1	loc.
L. Bouvet et Arrihat	Garçonnière de Dutocard (La)	3	3	loc.
Seraine	Garde champêtre de Corneville (Le)	1	»	loc.
L. Dottin	Gendre de M. Duplantoir (Le)	3	2	loc.
Lebreton-St-Paul	Gontran se marie	3	2	loc.
B. Lebreton-Soudant	Gosse (La)	9	2	loc.
Froyez-Colias	Grand Duc Moleskine (Le) d	6	6	loc.
Lefort	Grand papa de la chanson (Le) d	1	1	3 »
Rose fils et Ryvez	Greffeur (Le)	4	3	loc.
Lebreton-Blairat	Grenouille (La) d	4	2	loc.
Hervo-Merki	Grève des Boulangers (La)	5	»	loc.
Moreau-Marcus	Grève des facteurs (La)	2	2	loc.
M.-Brisac	Guerre aux hommes (La) d	6	7	loc.
Lebreton-Nicolle	Gueule d'Or d	6	6	loc.
L. Bouvet-F. Muffat	L'Héritage de Malassis	4	3	loc.
Lebreton-Moreau	Héritière des Carapattas (L') d	8	8	loc.
De Marsan	Heureux gagnant	4	1	loc.
C. Roland-A. de Lorde	Hermance a ce la Vertu, 2 actes d	2	1	loc.
Villebichot	Hirondelles de la rue (Les)	»	2	3 »
L. Bouvet et G. Arrihat	Homme du Parc Monceau (L')	3	2	loc.
Rose fils	Homme explosible (L')	2	2	loc.
Lebreton-Blairat	Homme pâle (L') d	4	2	loc.
Lebreton-Duroc	Hôtel d'Artistes d	troupe	»	loc.
Lebreton-Duroc	Hôtel de Noblepanne d	4	1	loc.
St-Paul-Rose fils	Hôtel des Fantômes (L')	3	1	loc.
Larantière et Bouvet	Hôtel du lac bleu (L') d	7	6	loc.
Bourel-Boydel-Jost	Hôtel modèle d	7	7	loc.
E. Barbe-de Teramond	Huissier des bons jours (L')	3	2	loc.
Autigeon-Dourel	Hypnotiseur malgré lui (L') d	3	2	loc.
Mize-Bernède	Idées de M. Coton (Les) d	3	2	loc.
C. Roland	Il était une fois d	1	1	loc.
Bessière-De Noter	Île de Nénuphar (L')	5	2	loc.
Briollet et Tinant	Île Jaune (L')	8	4	loc.
De Lannoy et Lions	Indispensable (L')	2	2	loc.
Briollet et Arnould	Invalide à la tête de bois (L')	7	2	loc.
Lebreton et Blairat	Invalides du Mariage (Les) d	7	1	loc.
Moniot	Jacotte	1	1	loc.
Liger-Aubrun	J'ai perdu Virginie	3	1	loc.
Nargeot	Jeanne, Jeannette et Jeannetton	3	3	8 »
Michiels	Jesque et Trinne	2	1	loc.
St-Paul	J'en ai plein le dos	2	1	loc.
Lebreton-Soudant	J'épouse ma bonne d	3	»	loc.
A. Perronnet	Je reviens de Compiègne	3	1	loc.
Yvel	Jeune homme du Tunnel (Le) d	3	1	loc.
Bernicat	Jeunesse de Béranger (La)	2	»	loc.
B. Lebreton	Jeunesse de Hoche (La)	8	6	loc.
Lebreton-Moreau	Joorisses du mariage (Les) d	troupe	»	loc.
R. Lebreton	Joies du divorce (Les) d	troupe	»	loc.
Marsan (de)	Jour de gloire est arrivé (Le)	4	»	loc.
L. Collin	Journée aux soufflets (La)	7	1	loc.
J. Férol	J'teux de sorts (Le)	1	»	loc.
François-Derys	Jules	1	»	loc.
Herpin	Ki-Ki-Ri-Ki d	troupe	»	loc.
Paul Avril	Labistrouille	3	1	loc.
Soudant	Lâchée	2	1	loc.
De Marsan	Le bille est de logement d	7	1	loc.
Desormes	Leçon de musique (La)	1	1	4 »

AUTEURS	TITRES DES ŒUVRES	Hommes	Femmes	Prix net
A. de Lorde	Lettre (La) d	1	3	1oo.
A. Verse	Leur argent d	2	1	1oo.
L. Jancey	Lili et Tonton d	1	1	1oo.
Cazaneuve	Loi du pal (La) d	troupe	»	5.
Darcy (M.)	Loterie (La)	3	2	1oo.
Barbé	Loup et l'Agneau (Le) d	3	3	1oo.
Verneuil	Loupiot (Le)	2	»	1oo.
Bourel (L.) Berbel (L.)	Lucien est maboule l	3	1	1oo.
Herpin	Lune de Miel (La) d	troupe	»	1oo.
Moreau-Gramet	Ma Colonelle	2	2	1oo.
Clairville fils	Madame la baronne d	1	1	4.
Wachs	Madame le docteur	2	1	4.
H. Mouréal E. Blondeau	Madame Méphisto d	troupe	»	1oo.
Tarcenc Celval du Titau	Madame Tubéreuse d	10	9	1oo.
Lebreton-St-Paul	Mademoiselle le Docteur	3	2	1oo.
V. Roger	Mademoiselle Loulouté	3	2	5.
C. Fiévet H. Piquet	Magicien (Le) d	3	2	1oo.
Bruyère-Marinier	Maire et Martyr d	3	»	1oo.
F. Lemon L. Schmall	Maires	3	5	1oo.
Valexy	Maître Grelot	3	»	7.
Bouret	Major Purjohn (Le)	4	1	1oo.
Lebreton	Mam'zelle Baïonnette	3	3	1oo.
Mayuc-Jacquoi	Mam'zelle Claudinette d	2	2	1oo.
Par Nono-Celval	Mam'zelle Culot	troupe	»	1oo.
De Lujarie	Mam'zelle Pénélope d	3	1	7.
De Champelie Jacquin	Mam'zelle Phryné	1	1	1oo.
François	Mandat (Le) d	3	1	1oo.
De Lorde G. Roland	Ma Négresse d	1	2	1oo.
L. Bouvel et Dottin	Mannequin (Le)	3	1	1oo.
Jan Pierre et Morele	Manœuvre électorale	3	»	1oo.
de Marsan	Marchand de cochons à la Dé-			
	pendent d'andouilles (Le)	2	3	1oo.
H. Moreau	Marchand de fleurs-Fleuri (La) d	3	8	1oo.
Jouhaud	Mariages riches	1	1	1oo.
Moniot	Marianne et Jeannot d	2	2	8.
Tollat-Frot	Marié sans l'être	2	1	3.
Moreau-Durob	Maris jaloux (Les)	5	2	1oo.
Simiot	Mariés de Nanterre (Les)	1	2	4.
H. Moreau G. Arnould	Marquis de Priolit (Le) d	3	3	1oo.
Belsier-Sciama	Mars et Vénus	3	2	1oo.
Millon	Mésanges du Prince (La)	4	5	1oo.
A. Verse	Matura fait des bégums	3-5 ou 3-4	»	1oo.
M. de Lagarde	Mèche (La)	1	1	1oo.
Moreau-Boucheral	Médaille (La)	3	1	1oo.
Gresac-Hernard	Méfiez-vous d'Oscar d	2	2	1oo.
E. André	Melon (Le) (monologue saynète)	1	»	2.
De Marsan	Ménage Blésimard (Le)	2	2	1oo.
Blafbrelot B. Moreau	Ménage d'artiste	5	5	1oo.
Moreau-Darcey	Ménage Poire (Le)	2	1	1oo.
Desormes	Menu de Georgette (Le)	2	2	5.
Gribinski	Mercredis de Jules (Les)	4	2	1oo.
Mary Blondel Lemée	Mère Limon (La)	4	2	1oo.
Ch. Gabel	Mariés des femmes (La) d	4	1	1oo.
Sandany Korean	Mimi Vadrouille	troupe	»	1oo.
A. Arnould J. de Sura	Minuit et demi d	1	1	1oo.
De Marsan	Miss Cocktail d	6	9ou.6	1oo.
Lebreton-Moreau	Miss Kissmy d	5	»	1oo.
Bernster	Miss Million d	troupe	»	1oo.
Mavrargue	Modern Styl	3	2	1oo.
Belsier-Moreau	Môme aux Camélias (La) d	troupe	»	1oo.
Belsière-Ruffier	Môme aux grands yeux (La) d	3	3	1oo.
L. Rivaux	Mon Oncle et ma Tante	3	»	1oo.
Chaussigne	Monsieur Auguste d	2	1	1oo.
De Marsan	Monsieur Babolin	3	2	1oo.
De Marsan	Monsieur dîne chez Maxim's (Le)	3	1	1oo.
Paul Vallée	Monsieur Dutrognon	2	2	1oo.
E. Bessière	Monsieur l'Inspecteur	3	»	1oo.
Garnier-Vallée	Monsieur ma belle-mère	2	1	1oo.
L. Rivaux	Monsieur l'Alcmolle	2	2	1oo.
Lebreton-Moreau	Monsieur Sans Gêne d	troupe	»	1oo.
Marsele (J.)	Monsieur Sourd (Le)	2	1	1oo.
A. Vardin A. Boyer	Mort-Vivant (Le) d	3	1	1oo.
Blairal-Nemillet	Mouche (La) d	2	2	1oo.
Moreau-Tours	Mouche au Coche (La)	3	»	8.
Pariol-Chanteclair				
Cavalard	Moulin d'Amour (Le) d	3	2	1oo.
Jourdè	Moyen de Paul (Le)	3	»	1oo.
Joly	Myope et presbyte d	2	»	1oo.
Desormes	Nègre de la Porte-St-Denis (Le)	3	1	1oo.
A. Dottin et J. Tomme	Nègre pour rire	3	2	1oo.
Dorfeuil-Moreau	Nez de Cyrano (Le) d	troupe	»	1oo.
E. Lhuillier	Nez enchanté (Le)	2	1	1oo.
Lebreton-Blairal	Ninie et Roumigue d	5	3	1oo.
Herpin	Noce à Gros-poitou (La)	3	1	1oo.
W. Barbier	Noce à Breton (La)	3	2	1oo.
L. Belssière-Notar	Noces de l'ambulance (Les)	3	1	1oo.
L. Collin	Noces d'or (Les)	2	1	1oo.
Nach Lemeau-Namillet	Nombrikatus D	3	2	1oo.
Moreau-Rivaux	Somme Ballotte (Le)	2	2	1oo.
De Marsan	Non Lieu d	2	1	1oo.
Bouvel-Marenlière	Nos bons touristes d	3	1	1oo.
Lebreton-Belssier	Nos Mâcons en Chine d	3	»	1oo.
Moreau-Gramet	Nos petites Chattes	4	3	1oo.
Dorfeuil-Guillemaud				
Saharaou	Nos pioupious d	4	2	1oo.
Lebreton-Moreau	Nos voltigeurs d	4	2	1oo.

AUTEURS	TITRES DES ŒUVRES	Hommes	Femmes	Prix net
G. Rose fils	Nous allons chez les Durand	1	1	1oo.
Ch. Gabel	Nouvel Achille (Le) (vaud.) d	5	1	1oo.
Ch. et Prud'homme	Nuit de Noces de Beaufannchet	5	2	1oo.
Th. Bossuyt	Nuit de Noël	2	2	1oo.
Jacobi	Nuit du 15 octobre (La) d	4	1	1oo.
H. Blondeau H. Monréal	Olympia-Revue d	troupe	»	1oo.
Vanze père	Omelette au lard (L)	4	1	1oo.
Gd.-fils	Oncle et Neveu	4	»	3.
Jean-Sanz-Bessier	Oncle Maboulin (G.)	5	»	1oo.
St. Paul	On demande des jolies amoreux	5	14	1oo.
Belssière-Ruffier	On parle Anglais	4	2	1oo.
Paul G. Rose fils	Ordonnance Beruchet (L')	4	2	1oo.
Saint-Paul	Ordonnance malgré lui	4	3	1oo.
Berthelot-Roland	Oscar est dérangé	4	1	1oo.
Jacre Emmicé	Othello chez Thalès d	4	1	1oo.
Sadlo	Où est le père	4	3	5.
Bowlay-Layrice	Paille et la Poutre (La)	4	1	6.
Billemon	Palmé D	4	1	1oo.
Robert Laurent Julès	Pantalon de Casimir (Le) d	4	1	1oo.
St-Paul	Par amour	3	2	1oo.
Th. Rivaux	Par autorité de Justice d	4	2	1oo.
Jean Myrac	Parachute (Le)	5	2	1oo.
Dorfeuil-Moreau	Par délicatesse d	4	2	1oo.
Febvre-Gréhon	Paris aux Courses d	troupe	7	1oo.
C. Barbier	Paris sans tailleurs	4	1	1oo.
Lambert-Lebreton	Par la fenêtre	2	1	4.
De Marsan	Par la Gymnastique d	2	1	1oo.
De Marsan	Par Téléphone	2	1	1oo.
Henry Moreau	Partie Carrée	2	2	1oo.
Ed. Lhuillier	Partie de Campagne d	troupe	»	1oo.
Bénédite-Jancourt	Pasquinette	4	1	5.
De Marsan	Pays Vierge (le) d	3	2	5.
De Marsan	Peau Neuve d	2	1	1oo.
F. Moreau J. Brandot	Peau-rouge de la Bastille (Le)	4	2	1oo.
B. Adam-Th. Cahen	Peint malgré lui	4	2	1oo.
Rose, fils	Peintre de talent	4	1	1oo.
Moreau-Darcey	Pension Carabin (La)	4	3	1oo.
L. Bouvel	Pensionnat St-Amour (Le)	4	4	1oo.
Albert Lambert	Père Suçoit (Le) d	4	3	1oo.
Iffenbach-Roques	Péri-Collé (parodie de Péricole)	2	2	1oo.
Lebreton-St-Paul	Péril jaune (Le)	3	1	2,50
E. Warmoes	Permission de Binjot (La)	3	1	1oo.
E. Moreau-Soudant	Permission de la nuit	4	3	1oo.
Perrault-Maty	Perruche de ma femme (La) d	3	1	1oo.
Tréblat-St-Cyr	Personne	2	1	1oo.
Landau	Pet (Le) Pet l	3	1	1oo.
Bouvel-Schmoll	Petit Assommoir (Le) d	5	6	1oo.
S. Lebreton	Petit Jacquonore (Le)	4	1	1oo.
Collin	Petit Spahi (Le)	4	2	1oo.
Lebreton-Moreau	Petite Baronne (La) d	5	3	1oo.
Jacs	P'tite bête vit encore (La) d	3	2	4.
Th. Rivaux F. Rodel	Petite boulangère (La) d	troupe	»	1oo.
Moreau-St-Cyr	Petite Carmen (La) d	5	10	1oo.
Lebreton-Moreau	Petite colonelle (La) d	7	2	1oo.
Gribinski	Petite Étoile	3	3	1oo.
L. Bouvel-St-Paul	Petite Fifi (La)	3	3	1oo.
L. Bouvel F. Mulot	Petites Actrices (Les)	4	1	1oo.
Carmilière-Bouvel				
Godferneaux	Petits Baisers (Les) d	3	2	1oo.
Lebreton-Moreau	Petits Ménichons (Les) d	troupe	»	1oo.
A. Petit	Petits lapins (Les) d	3	2	1oo.
Maudry et Jimbo	Petits Trottins (Les) d	5	3	1oo.
Lebreton-Moreau	Petits Zouzous (Les)	troupe	»	1oo.
C. Glérice	Phryneté d	4	3	1oo.
Cora Tarnot-Gillard	Richard d	4	2	1oo.
André	Picotin (Le)	3	1	2.
Lebreton-Belssier	Piston de Clémentine (Le)	3	»	1oo.
Schmoll	Pilou	3	1	1oo.
Ettrebot L. Darrel-Reytel	Plaqué	3	2	1oo.
H. Alaycine	Plumechat et Cie d	4	1	1oo.
L. Barbé	Plus que 1089 jours	4	1	1oo.
Ba	Poids jaunes (Le)	3	1	1oo.
Jac-Genes Piccolini	Pommes d'amour (Les)	4	2	1oo.
Girod-Verdellet	Pompier d'Endoume (Le)	troupe	»	1oo.
Gresac-Bernard Leroy	Pompier d'Ernestine (Le) d	4	2	1oo.
Rougeon-Boural	Poste restante 222 d	3	2	1oo.
Emile L. Martin	Potache en goguette (Le)	3	1	1oo.
Barbier	Poupée automate (La)	4	1	1oo.
Paul G. Rose fils	Pour avoir la fille	4	2	1oo.
G. Roland	Pour le guérir d	2	1	1oo.
Valéry	Pour mademoiselle d	2	1	1oo.
Rey	Pour qui le gosse	4	1	1oo.
Lebreton-St-Paul	Pour qui voter on	4	»	1oo.
Lambert	Première brouille (La) comédie	2	1	1oo.
Paul Avril	Première scène	2	1	1oo.
Couturet	Premières amours d	2	2	1oo.
C. Barbier	Premières armes de Pigny (Les)	4	1	1oo.
J. Bourel-Arnhal	Prends mon Oncle	3	1	1oo.
J. Rose fils H. Rivaux	Prestige de l'uniforme (Le)	4	1	1oo.
Moreau	Professeur de chant (Le)	2	1	1oo.
De Marsan	Pucelle de Meudon (La)	3	2	1oo.
De St-Croix	Pygmalion d	3	1	1oo.
Lebreton	Quatre hommes et un caporal	4	1	1oo.
Roland Rivaux	Que Madame ne sache rien	4	1	1oo.
Belsier Hernard	Quai-a-au-Digol (Le) d	troupe	»	1oo.
	Qu'est la Chaux	4	1	1oo.

AUTEURS	TITRES DES ŒUVRES	Pers.	Femmes	Prix net
...Rose fils	Qui veut la fin	2	[illegible]	loc.
...-F. Muffat	Rabiot (Le)	3	[illegible]	loc.
Léon Jancey	Ra! Fla!	2	[illegible]	loc.
Ch. Lecocq	Rajah de Mysore d	troupe	[illegible]	loc.
Villebichot	Réponse du Berger (La)	1	[illegible]	loc.
Millou	Repos du dimanche (Le) d	2	[illegible]	loc.
Jacoutot	Retour de Kerdrec (Le)	2	[illegible]	loc.
Maugé	Retour de Margotte (Le)	1	[illegible]	loc.
L. Collin	Retour de Musette (Le)	1	[illegible]	loc.
Artigeon-Dourel	Revanche de Verluisant (La) d	6	[illegible]	loc.
De Marsan	Revenant de la rue de la Pompe (Le)	5	[illegible]	loc.
Artigeon-Dourel-Reydel	Revenants (Les) d	3	[illegible]	loc.
André-Mouëzy-Éon	Rêve d'Anaïk (Le) d	2	[illegible]	loc.
Maraële-A. de Lorde	Rêves d'un soir d	1	[illegible]	loc.
Lebreton	Revue à l'envers (La)	4	[illegible]	loc.
St-Paul	Revue interdite	4	[illegible]	loc.
Guillemaud	Rien des Agences d	3	[illegible]	loc.
Lhuillier	Bisette	[illegible]	[illegible]	loc.
Ch. Thony	Robes et Manteaux d	5	[illegible]	loc.
F. Chaudoir	Roi Claquette (Le) d	[illegible]	[illegible]	loc.
Yvel et Briollet	Roi Koku (Le)	troupe	[illegible]	loc.
Desormes	Roland furieux	[illegible]	[illegible]	loc.
L. Desormes	Romance impossible (La)	[illegible]	[illegible]	loc.
Busnach	Rosière de Valentino (La) d	[illegible]	[illegible]	loc.
Michiels	Rosière d'Interlaken (La)	[illegible]	[illegible]	loc.
Ch. Gabet	Ruy Blazi (?) d	[illegible]	[illegible]	loc.
Jancey	Sabre et plumeau	[illegible]	[illegible]	loc.
G.Rose fils-F. Bouvaret	Sacré Cake-Walk	[illegible]	[illegible]	loc.
L. Rivara	Sacré jour de l'an	[illegible]	[illegible]	loc.
L. Bouvet-A. Arribat	Sacré Jules	[illegible]	[illegible]	loc.
P. Fabrice-A. Barioust	Sacré Trouillet	[illegible]	[illegible]	loc.
Briollet-Tinant	Sacré Vermillon	[illegible]	[illegible]	loc.
P. Lebreton-J. Lebreton	Sacrée Nounou	[illegible]	[illegible]	loc.
H. Moreau-Arnould	Saint-Antoine malgré lui	[illegible]	[illegible]	loc.
Clements	Saint-Yvon (Le) d	[illegible]	[illegible]	loc.
H. Lebreton-J. Lebreton	Salade de Gendarmes	[illegible]	[illegible]	loc.
L. Dottin	Sauvage malgré lui	[illegible]	[illegible]	loc.
Ch. Lecocq	Sauvons la caisse d	[illegible]	[illegible]	loc.
Amiral Febvre-Beaunay	Septième Escouade (La) d	[illegible]	[illegible]	loc.
Barantière-Bouvel	Sergent Sans-Souci (le) d	[illegible]	[illegible]	loc.
...Paquette	Sermon de Mme Grégoire (Le)	[illegible]	[illegible]	loc.
Moreau-Saddent	Sermon du marin (Le)	[illegible]	[illegible]	loc.
Lebreton-Moreau	Signe de Léda (Le) d	[illegible]	[illegible]	loc.
Ouvier	Simone et Boquillon	[illegible]	[illegible]	loc.
Lebreton-St Paul	Singeries de l'Amour (Les)	[illegible]	[illegible]	loc.
Marc Sonal-A. Moreau	Six filles d'Abélard (Les) d	[illegible]	[illegible]	loc.
P. Fabrice-P. Darsay	Sœur du Cabotin (La)	[illegible]	[illegible]	loc.
Lebreton-Duroc	Soir de Noce d	[illegible]	[illegible]	loc.
P. Bellurot-Muffat	Soirée bourgeoise	[illegible]	[illegible]	loc.
Lekerre	Soirée d'amateurs	[illegible]	[illegible]	loc.
Lebreton-Moreau	Soldat !	[illegible]	[illegible]	loc.
H. Gilbert	Son Amant	[illegible]	[illegible]	loc.
C. Roland-J. Marcelle	Son petit truc d	[illegible]	[illegible]	loc.
Bernard Grasset	Souffleur par amour d	[illegible]	[illegible]	loc.
Mevan	Soupirs du cœur	[illegible]	[illegible]	loc.
Briollet-Tinant	Source merveilleuse (La)	[illegible]	[illegible]	loc.
Daimaré-P. Laurey	Sous-Préfet de Pézenas (Le)	[illegible]	[illegible]	loc.
Ch. Malo	Souviens-toi de Clémentine	[illegible]	[illegible]	loc.
Moreau-Darsay	Spiritisme des Familles	[illegible]	[illegible]	loc.
Gribouki-M. Valery	Suites d'un divorce	[illegible]	[illegible]	loc.
Tao-Coen	Susette, Suzanne et Suzon	[illegible]	[illegible]	loc.
C. Roland-P. Berthelot	Symphonie en Jaune mineur d	[illegible]	[illegible]	loc.
A. Mesnil	Tamasses-tu Pingot	[illegible]	[illegible]	loc.
Levavasseur	Tante d'Amérique (La)	[illegible]	[illegible]	loc.
C. Roland	Ta pomme, Paris	[illegible]	[illegible]	loc.
Wachs	Tata chez Toto	[illegible]	[illegible]	loc.
G. Hervé-P. Fabrice	Témoin	[illegible]	[illegible]	loc.
Lempereur-Primard	Témoin (Le)	[illegible]	[illegible]	loc.
Lambert-Lebreton	Terre-Neuve d	[illegible]	[illegible]	loc.
Saint-Paul et Rose fils	Terrible affaire	[illegible]	[illegible]	loc.
Briollet-Gerny	Testament Cracfort (Le)	[illegible]	[illegible]	loc.
Marc Sonal	Théophile	[illegible]	[illegible]	loc.
H. Lebreton-L. Blairat	Tisane des Bobos (La)	[illegible]	[illegible]	loc.
Chassaigne	Toc	[illegible]	[illegible]	loc.
Hervé	Toinette et son carabinier	[illegible]	[illegible]	loc.
A. Mouëzy-Éon	Ton coq et ma poule d	[illegible]	[illegible]	loc.
Bessier-de-Gorsse	Tonton d	[illegible]	[illegible]	loc.
Blanchard de la Brelouche	Torero de Lolotte (Le)	[illegible]	[illegible]	loc.
M. Guillemaud	Toto la Rincette	[illegible]	[illegible]	loc.
Wachs	Tutor et Titine	[illegible]	[illegible]	loc.
Hubans	Tour de Moulinet (Le) d	[illegible]	[illegible]	loc.
Bouvet-Febvre	Tournée Cabotin (La)	[illegible]	[illegible]	loc.
Cartier	Train des Maris (Le)	[illegible]	[illegible]	loc.
Moreau-Duroc	Tranquil' hôtel	[illegible]	[illegible]	loc.
Moreau-Darsay	Trente mille francs par an	[illegible]	[illegible]	loc.
Lebreton-Moreau	Treize jours d'un Parisien (Les) d	troupe	[illegible]	loc.
Lebreton-Moreau	Treizième spahis (Le) d	troupe	[illegible]	loc.
Ch. Gabet	Trésor des Dames d	[illegible]	[illegible]	loc.
Lebreton-Moreau	Trio de troupiers d	[illegible]	[illegible]	loc.
H. Gilbert	Triple alliance (La)	[illegible]	[illegible]	loc.
H. Lebreton-J. Lebreton	Trois Cousins (Les) d	[illegible]	[illegible]	loc.
Lebreton-Téramond	Trois Gosses (Les)	[illegible]	[illegible]	loc.
Bouvet	Trois hercules pour une femme	[illegible]	[illegible]	loc.
Bessière	Troisième du trois (La)	[illegible]	[illegible]	loc.
Lebreton-Moreau	Trois Maçons (Les) d	[illegible]	[illegible]	loc.
L. Bouvet et A. Arribat	Troublants Aveugles	[illegible]	[illegible]	loc.

AUTEURS	TITRES DES ŒUVRES	Pers.	Femmes	Prix net
Rose fils-A. Byrec	Trouvez un père	[illegible]	[illegible]	loc.
Gribinski	Truc au trottin (Le)	[illegible]	[illegible]	loc.
Guillemaud-De Marsan	Truc de Binochet (Le)	[illegible]	[illegible]	loc.
Lambert-Lebreton	Truc du Pharmacien (Le)	[illegible]	[illegible]	loc.
G. David	Tu l'as voulu d	[illegible]	[illegible]	loc.
Héros-Jost	Tsigane dans les ménages (La) d	troupe	[illegible]	loc.
Javelot	Un amour d'épicier	[illegible]	[illegible]	loc.
Bessière	Un attentat au bois	[illegible]	[illegible]	loc.
P. Letaure	Un beau-père criminel	[illegible]	[illegible]	loc.
Cardet-Lannoy	Un bon ami	[illegible]	[illegible]	loc.
O. Fay	Un bon tuyau	[illegible]	[illegible]	loc.
P. Henrion	Un charcutier dans les fers	[illegible]	[illegible]	loc.
De Marsan	Un client pas sérieux	[illegible]	[illegible]	loc.
Chassaigne	Un Coq en jupons	[illegible]	[illegible]	loc.
Banès	Un do malade	[illegible]	[illegible]	loc.
Wachs	Un domestique pour rire	[illegible]	[illegible]	loc.
Moreau-Gramet	Un dragon pour deux	[illegible]	[illegible]	loc.
L. Roy	Un épicier peu commode	[illegible]	[illegible]	loc.
G. Laurens	Un futur sur le gril	[illegible]	[illegible]	loc.
Ch. Malo	Un gendre à poigne	[illegible]	[illegible]	loc.
H. Levavasseur	Un grand criminel	[illegible]	[illegible]	loc.
Pericaud	Un hercule qui ne veut pas se rouiller	[illegible]	[illegible]	loc.
F. Bouvaret	Un héritage de 100 millions	[illegible]	[illegible]	loc.
Camille Clermont	Un honnête homme d	[illegible]	[illegible]	loc.
St-Paul	Un jour d'audace	[illegible]	[illegible]	loc.
Cambillard	Un mariage à la force du poignet	[illegible]	[illegible]	loc.
Ch. Malo	Un mariage au flageolet	[illegible]	[illegible]	loc.
Dauphin	Un mariage en Chine d	[illegible]	[illegible]	loc.
F. Bernicat	Un mari à l'essai	[illegible]	[illegible]	loc.
Pericaud	Un mari en grande vitesse	[illegible]	[illegible]	loc.
Moreau-R. Parault	Un mari somnambule	[illegible]	[illegible]	loc.
L. Collin	Un mauvais consort	[illegible]	[illegible]	loc.
D. Fabrice	Un miracle	[illegible]	[illegible]	loc.
Blanchard de la Brelouche	Un mois de clou d	[illegible]	[illegible]	loc.
Lebreton-St-Paul	Un Oncle pour deux	[illegible]	[illegible]	loc.
Chassaigne	Un 1er jour de ménage	[illegible]	[illegible]	loc.
Mayrargue	Un Sauvetage	[illegible]	[illegible]	loc.
P. Barbier	Un souper chez Mlle Contat	[illegible]	[illegible]	loc.
Bernicat	Une aventure de la Clairou	[illegible]	[illegible]	loc.
D. Fabrice-Neuville	Une chasse à Fontainebleau	[illegible]	[illegible]	loc.
Lebreton-Blairat	Une Consultation d	[illegible]	[illegible]	loc.
Garnier-Vallès	Une Corbeille de Noce	[illegible]	[illegible]	loc.
G. André	Une drôle de Marquise	[illegible]	[illegible]	loc.
Clements	Une étoile d'antichambre d	[illegible]	[illegible]	loc.
Joubaud	Une femme du quart de monde	[illegible]	[illegible]	loc.
Marc Sonal et Victor Gréhon	Une femme pour six sous	[illegible]	[illegible]	loc.
Villebichot	Une femme qui bégaie d	[illegible]	[illegible]	loc.
L. Roques	Une femme tombée du Ciel	[illegible]	[illegible]	loc.
Villebichot	Une fille à trucs	[illegible]	[illegible]	loc.
Liouville	Une fille en loterie	[illegible]	[illegible]	loc.
Touzé-Monjardin	Une intrigue chez les Mouchamiel	[illegible]	[illegible]	loc.
Desormes	Une lune de miel normande	[illegible]	[illegible]	loc.
L. Collin	Une mariée sans mari	[illegible]	[illegible]	loc.
Ed. Lhuillier	Une marine à la vapeur	[illegible]	[illegible]	loc.
Desormes	Une mauvaise connaissance	[illegible]	[illegible]	loc.
Moreau-Darsay	Une mauvaise nuit	[illegible]	[illegible]	loc.
Moreau-Dorfenil	Une nuit de Paris d	troupe	[illegible]	loc.
Bouvet-G. H	Une nuit chez les Cracouillot d	[illegible]	[illegible]	loc.
Duhem	Une partie à Robinson	[illegible]	[illegible]	loc.
V. Martin	Une partie de pêche	[illegible]	[illegible]	loc.
Lebreton-Saint-Paul	Une petite femme en or	[illegible]	[illegible]	loc.
Wachs	Une pleine eau à Chatou	[illegible]	[illegible]	loc.
Bernicat	Une poule mouillée	[illegible]	[illegible]	loc.
Lebreton-St-Paul	Une Rosserie	[illegible]	[illegible]	loc.
De Paniagua	Une sale Histoire d	[illegible]	[illegible]	loc.
Chassaigne	Une table de café	[illegible]	[illegible]	loc.
Robillard	Une tempête conjugale	[illegible]	[illegible]	loc.
Giger-Aubrun	Urticaire (L')	[illegible]	[illegible]	loc.
Dubroka-Latournelle	Vache à Pain (La) d	[illegible]	[illegible]	loc.
Jean Meudrot	Valentine a du talent d	[illegible]	[illegible]	loc.
R. Planquette	Valet de cœur (La)	[illegible]	[illegible]	loc.
St-Paul	Vase de Soissons (Le)	[illegible]	[illegible]	loc.
Walter	Végétariens (Les) d	[illegible]	[illegible]	loc.
Robillard	Vengeance de Ramolli (La)	[illegible]	[illegible]	loc.
L. Roques	Vénus infidèle (opéra et revue) d	[illegible]	[illegible]	loc.
Antigeon	Vie de garçon (La) d	[illegible]	[illegible]	loc.
Jancey	Viens mon Touton	[illegible]	[illegible]	loc.
Lebreton-Moreau	Vierges du chahut (Les) d	[illegible]	10	loc.
Bouvet-Arribat	Vieux, le Melon et le Rat (Le)	[illegible]	[illegible]	loc.
Harry Blount-Pol. Lemas	Vieux Marcheur de la Scala (Le)	[illegible]	[illegible]	loc.
Moreau	Villa des Gaffes (La) d	[illegible]	[illegible]	loc.
Lebreton-St-Paul	Vingt-cinq minutes d'arrêt	[illegible]	[illegible]	loc.
Burani-Planquette	Vingt-huit jours de Championnette d	[illegible]	[illegible]	loc.
Vallès-Talber	Vingt-huit jours de Gorenflot (Les)	[illegible]	[illegible]	loc.
Ratcée Bordeaux	Vive la Classe d	[illegible]	[illegible]	loc.
Normand-Vallès	Vive les Bleus	[illegible]	[illegible]	loc.
De Marsan	Vnez donc nous voir	[illegible]	[illegible]	loc.
Lebreton-Moreau	Vocation d'Isoline (La)	[illegible]	[illegible]	loc.
Jacobi	Voilà l'plaisir, mesdames	[illegible]	[illegible]	loc.
Ch. Hubans	Voiture à vendre d	[illegible]	[illegible]	loc.
Lebreton-Moreau	Volontaire de 92 (Le) d	[illegible]	[illegible]	loc.
Tac-Coen	Volontaire et vivandière	[illegible]	[illegible]	loc.
Talber-Delaître	Volupté des dames (La)	[illegible]	[illegible]	loc.
L. Valbert-A. Verse	Y'a du coton	[illegible]	[illegible]	loc.
Guy-Mory-Marius	Zidore d	[illegible]	[illegible]	loc.

Livrets d'opérettes et de vaudevilles en 1 acte, net 1 franc. Ceux en 2 actes, net 2 francs.

9 782019 931131